經典
少年遊

004

竇娥冤

感天動地的竇娥

The Injustice to Dou E
Snow in Midsummer

繪本

故事◎王蕙瑄

繪圖◎榮馬

有ㄧ個ㄍㄜ叫ㄐㄧㄠ賽ㄙㄞ盧ㄌㄨˊ醫ㄧ的庸ㄩㄥ醫ㄧ，在ㄗㄞˋ山ㄕㄢ陽ㄧㄤˊ縣ㄒㄧㄢˋ
南ㄋㄢˊ門ㄇㄣˊ開ㄎㄞ藥ㄧㄠˋ店ㄉㄧㄢˋ，前ㄑㄧㄢˊ幾ㄐㄧˇ天ㄊㄧㄢ因ㄧㄣ為ㄨㄟˋ差ㄔㄚ點ㄉㄧㄢˇ殺ㄕㄚ
死ㄙˇ債ㄓㄞˋ主ㄓㄨˇ蔡ㄘㄞˋ婆ㄆㄛˊ婆ㄆㄛ，被ㄅㄟˋ別ㄅㄧㄝˊ人ㄖㄣˊ撞ㄓㄨㄤˋ見ㄐㄧㄢˋ，嚇ㄒㄧㄚˋ
出ㄔㄨ一ㄧ身ㄕㄣ冷ㄌㄥˇ汗ㄏㄢˋ，正ㄓㄥˋ打ㄉㄚˇ算ㄙㄨㄢˋ收ㄕㄡ拾ㄕˊ一ㄧ下ㄒㄧㄚˋ，
偷ㄊㄡ偷ㄊㄡ摸ㄇㄛ摸ㄇㄛ的ㄉㄜ躲ㄉㄨㄛˇ去ㄑㄩˋ別ㄅㄧㄝˊ的ㄉㄜ地ㄉㄧˋ方ㄈㄤ。

「喂！就是你！你這裡有賣毒藥嗎？」突然來了一個年輕人，一進門就向賽盧醫買毒藥。賽盧醫一看，這

不ㄅㄨ是ㄕ那ㄋㄚ天ㄊㄧㄢ撞ㄓㄨㄤ見ㄐㄧㄢ他ㄊㄚ殺ㄕㄚ人ㄖㄣ的ㄉㄜ年ㄋㄧㄢ輕ㄑㄧㄥ人ㄖㄣ嗎ㄇㄚ？

連ㄌㄧㄢ連ㄌㄧㄢ擺ㄅㄞ手ㄕㄡ搖ㄧㄠ頭ㄊㄡ， 嚇ㄒㄧㄚ得ㄉㄜ不ㄅㄨ敢ㄍㄢ說ㄕㄨㄛ話ㄏㄨㄚ。

「你不給我藥嗎？」
年輕人威脅他：「告
訴你，我就是救了蔡
婆婆的張驢兒，你如
果不給，我就拉你去
官府，告你謀害蔡婆
婆！」「別別別！有藥
有藥！」賽盧醫非常害
怕，雙手奉上毒藥後，
擔心張驢兒做壞事拖累
自己，趕緊收拾逃跑。

8

原來，那天張驢兒和張李老
父子救了蔡婆婆以後，聽說
她們家只有一對寡婦，便起
了壞心，想要上門當女婿。
但蔡婆婆的媳婦竇娥說什麼
都不肯，張氏父子便賴在蔡
家不肯走。

住在同一個屋簷下，張驢兒找到機會就調戲竇娥，張老也一直試探蔡婆婆，什麼時候才能辦喜事。蔡婆婆性格軟弱，沒什麼主意，又想報恩，又不想隨便讓兩個男人一直住在家裡，天天心神不安，終於病倒了。

張驢兒實在垂涎竇娥的美貌，
眼看蔡婆婆說服不了她，現在
又病倒了，心裡打算不如乾脆
毒死蔡婆婆。自己好霸佔竇娥
和蔡家的家產。

蔡婆婆病得昏昏沉沉，什麼都吃不下，竇娥很著急。剛好這一天張老在身邊，問蔡婆婆想吃什麼？蔡婆婆說：「我想吃羊肚湯。」竇娥聽了，立刻去廚房煮湯。

張驢兒一聽，覺得機會來了，等竇娥把湯端來時，立刻板起臉說要替蔡婆婆試湯的口味。剛嚐了一口，張驢兒說：「婆婆病了那麼久，這味道不夠，哪裡能提起她的食慾呢？」

眼看竇娥離開了，張驢兒立刻拿出毒藥，全部倒進湯裡面。等竇娥回來，他又裝作沒事一樣。

19

竇娥送湯進房去，哪裡知道張宇
老想獻殷勤，接過碗要餵蔡婆婆
喝。蔡婆婆搖搖手說：「我現在
想嘔吐，喝不下了。」

21

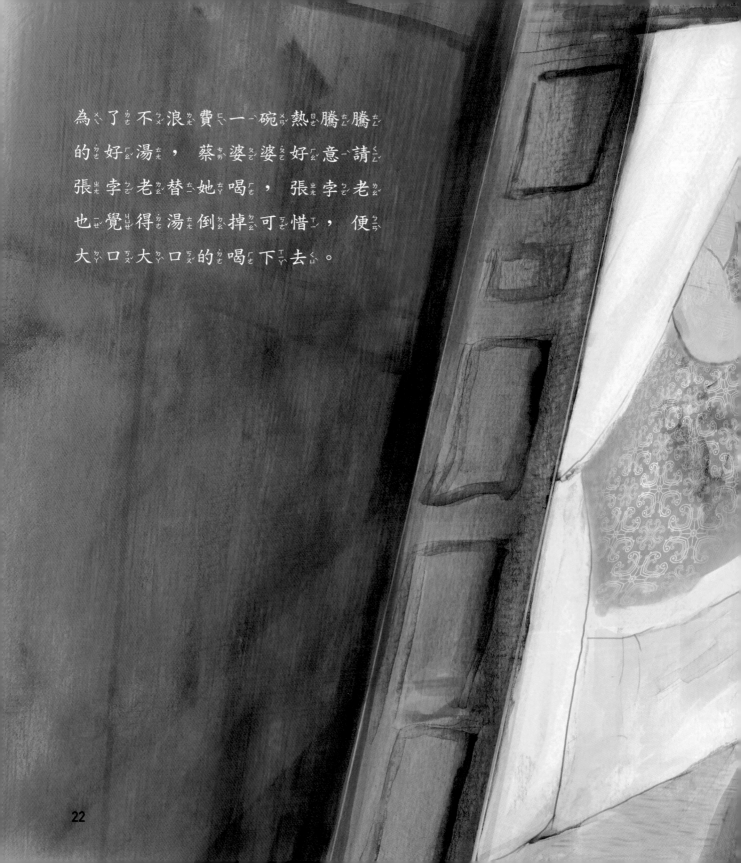

為了不浪費一碗熱騰騰的好湯，蔡婆婆好意請張李老替她喝，張李老也覺得湯倒掉可惜，便大口大口的喝下去。

22

「啊！」張老不知道湯裡有毒，一喝下去立刻被毒死了。張驢兒和竇娥聽到聲響都跑過來，張驢兒立刻指著竇娥：「是妳！妳做的湯害死了我父親！」竇娥當然不信，張驢兒便威脅她，如果不嫁給他，就要報官。

竇娥相信官府會辨明是非，　於是他們一起到了縣衙。　張驢兒立刻哭訴竇娥用毒藥殺死他父親，　即使竇娥義正詞嚴的反駁，　他還是堅持竇娥在狡辯。「縣太爺，　這個女子不打不招，　請縣太爺為我父親作主啊！　」

縣太爺是個糊塗蟲，立刻叫人拿棍子打竇娥，打得皮開肉綻，竇娥還是堅持自己的清白。縣太爺又威脅要打蔡婆婆，竇娥一聽不得了，蔡婆婆年邁又正病著，怎麼能被用刑？無可奈何之下，竇娥只好認了殺人的罪名。

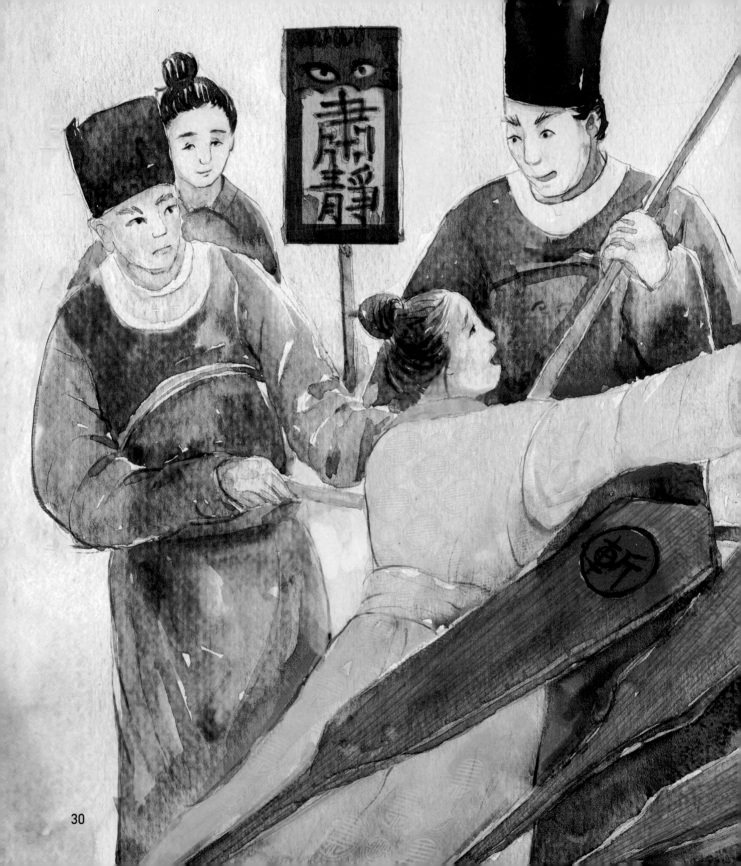

殺人是很大的罪責，竇娥被判斬首。從進入縣衙，蔡婆婆就止不住流淚，這下子更是傷心欲絕：「我的好媳婦啊！為了我，妳寧願認罪，丟下我一個老太婆怎麼辦哪！」

去刑場的路上，竇娥想起自己從小沒有母親，父親又去外地求功名。她一直乖順認真，卻被壞人欺負到如此下場，還害得婆婆從此一個人孤單度日，不免悲傷，便對天發誓，希望老天爺能夠看清她的冤屈，還她一個清白。

臨刑前，監斬官問竇娥有什麼未了的心願。竇娥說：「我的冤枉無處可訴，只有祈求上天，我死後一腔熱血都飛在白布上，不灑在土地裡；如今夏天炎熱，我要天降三尺白雪，覆蓋我的身軀；官府不明事理，我要楚州三年不下雨。」

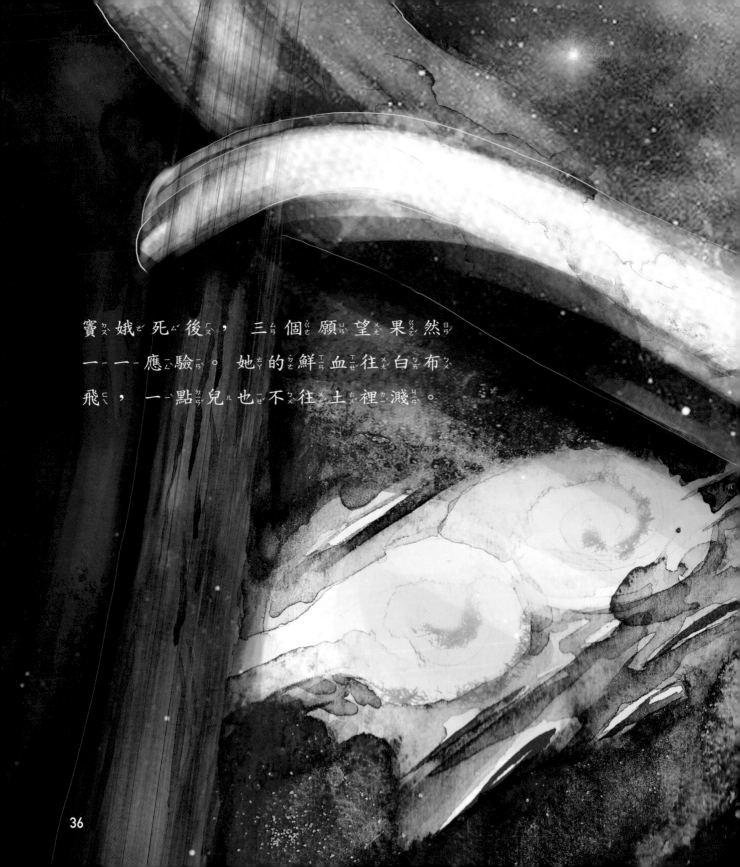

竇ㄉㄡˋ娥ㄜˊ死ㄙˇ後ㄏㄡˋ，三ㄙㄢ個ㄍㄜˋ願ㄩㄢˋ望ㄨㄤ果ㄍㄨㄛˇ然ㄖㄢˊ一一一應ㄧㄥ驗ㄧㄢˋ。她ㄊㄚ的ㄉㄜ˙鮮ㄒㄧㄢ血ㄒㄩㄝˋ往ㄨㄤˇ白ㄅㄞˊ布ㄅㄨˋ飛ㄈㄟ，一一點ㄉㄧㄢˇ兒ㄦ也ㄧㄝˇ不ㄅㄨˋ往ㄨㄤˇ土ㄊㄨˇ裡ㄌㄧˇ濺ㄐㄧㄢ。

圍觀的群眾還在驚呼這樣的奇事，沒想到隨即就刮起陣陣寒風。炎熱的六月天，轉眼就落下了大雪。厚雪覆蓋竇娥的身軀，不僅實現她第二個願望，也像是要洗刷她的冤屈。

更令人不可置信的，是竇娥的第三個願望，楚州果然三年不下雨。連續三年的乾旱被傳為奇事，連朝廷都派大官來查勘。而這位大官，竟是竇娥失散多年的父親。他來到楚州，查明事實真相後，終於還竇娥一個清白。

竇娥冤
感天動地的竇娥

讀本

原典解說◎王蕙瑄

關漢卿是個多才多藝的劇作家，和他來往的大多也是劇場人物。他筆下的角色有市井百姓，也有歷史傳奇人物。

關漢卿（約 1225～1300 年），名燦，漢卿是他的字。號一齋，亦作已齋，晚年署名已齋叟。元朝雜劇作家。他的性格狂傲不羈，曾自稱：「我是個蒸不爛、煮不熟、捶不扁、炒不爆，響噹噹一粒銅豌豆。」他創作的雜劇中，《竇娥冤》、《單刀會》、《救風塵》等，是最著名的代表作。

本姓朱，元朝初期知名的雜劇女演員。她的容貌姿態出眾，各種角色身段無不擅長，很受時人推崇。她與多位元曲作家交情甚篤，經常用詞曲往來贈答。關漢卿曾讚美她：「富貴似侯家紫帳，風流如謝府紅蓮。」兩人曾經有過一段戀情，不過珠簾秀後來嫁給別人。

大都人，元朝劇作家。與關漢卿來往密切，兩人常互相討論作品。楊顯之善於評鑑劇作優缺點，提供有益的意見，因此被稱為「楊補丁」。他的作品風格與關漢卿相近，也取材自市井生活與民間傳說。

大名人，元朝散曲作家。與關漢卿親善，交情好到能夠互相開對方的玩笑。他善於使用生動口語，詼諧有趣，具有民俗俚曲的特色。

關漢卿

珠簾秀

楊顯之

相關的人物

鍾嗣成

王和卿

字繼先，元朝人。他不僅能夠創作雜劇、散曲，還著有《錄鬼簿》，分為上下兩卷，蒐集了一百五十多名元曲作家的生平介紹與作品。他在書中將作家分為七類，關漢卿為「前輩已死名公才人，有所編傳奇行於世者」類別的首位。

字太素，號蘭谷，元朝詞人與雜劇作家。關漢卿在大都時，與白樸、趙子祥等劇作家組織過「玉京書會」，致力於戲劇的創作與演出。白樸的代表作品為《秋夜梧桐雨》以及《裴少俊牆頭馬上》。右圖為白樸像。

白樸

賈仲明

TOP PHOTO

元末明初的雜劇作家，號雲水散人。他曾為《錄鬼簿》中所提到的元曲作家創作弔詞。他形容關漢卿為「驅梨園領袖，總編修師首，捻雜劇班頭」，推崇關漢卿為劇壇領袖，給予他很高的評價。上圖為賈仲明創作雜劇《菩薩蠻》的繪圖，描繪青年男女的愛情。

關漢卿生活的時代民間戲劇蓬勃發展，他經常將當時社會不公不義的事情寫入劇作中。

1234 年

宋朝聯合蒙古攻打金朝，金哀宗逃往蔡州，最後自縊，金朝滅亡。蒙古不斷南侵，關漢卿幼年即在如此動盪不安的政治局勢下成長。

1225 年

關漢卿大約生於金哀宗正大二年。此時金國受到蒙古步步進逼，已經顯露亡國之勢。

TOP PHOTO

1271 年

忽必烈協助南宋消滅金朝之後，時時南侵。1276 年忽必烈發動了襄樊之戰，南宋重鎮襄陽與樊城被蒙軍圍攻三年，國勢已頹敗不堪。1271 年，忽必烈在大都建立元朝，改國號為大元。上圖為〈畫元世祖出獵圖〉。

1300 年

關漢卿約在元成宗大德四年辭世，享年約八十歲，算是相當長壽的作家。

金朝滅亡

出生

相關的時間

建都大都

逝世

創作
《竇娥冤》

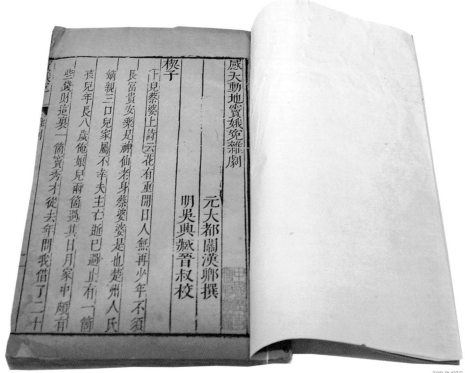

約 1296 年

關漢卿在晚年創作了他傳世不朽的劇作《竇娥冤》。他一生看盡社會底層生活百態，深知社會黑暗不公，故而十分同情弱勢人民，此劇可說是他以戲劇形式表現出來的社會寫實思想結晶。上圖為明朝萬曆四十三年的刻本，中國國家博物館藏。

三年之旱

1297 ～ 1299 年

元史記載大德元年至三年，淮安路曾發生三年旱災，災情極為慘重。《竇娥冤》中，竇娥所發的第三個誓願是詛咒山陽縣三年不降甘霖，說的就是這件事。山陽縣在元朝屬於淮安路治所。

關漢卿不僅精通醫術、民間技藝與舞台藝術等各類事物，更是個大劇作家，晚年創作了馳名中外的《竇娥冤》。

《竇娥冤》是關漢卿晚年的作品，題目正名為「秉鑒持衡廉訪法，感天動地竇娥冤」。內容描述竇娥遭惡人陷害誣指，以致含冤而死，最後由其父竇天章為她平反冤屈。全劇情節曲折離奇，是一齣表現早期中國社會黑暗、司法不公的偉大悲劇。

「玉京」指大都，「書會」是元朝劇作家組成的民間藝文組織。玉京書會中的劇作家主要來自大都北方，前後共有五十一人，關漢卿是玉京書會的領袖人物。

竇娥冤

玉京書會

相關的事物

雜劇

TOP PHOTO

雜劇在中國早期是一種類似雜技的節目，發展至金元時期才成熟，成為一種包含唱作科白等綜合藝術，主要由一段楔子與四折劇目組成。關漢卿一生創作的雜劇有六十餘種，現存十八種，但其中有幾部作品的作者仍有爭議。左圖為金朝雜劇雕磚，山西博物院藏。

金元兩代都設置太醫院，主要掌管皇家和大都民眾醫療。根據記載，關漢卿擔任過太醫院尹，推測是民間對於太醫院職務的俗稱。從關漢卿的雜劇作品中，也可看出他頗通醫術。

盧醫原本指春秋時期的名醫扁鵲，因為扁鵲為盧地的人，所以稱盧醫。「賽盧醫」是元雜劇中對於庸醫的慣常稱呼，通常是由「淨」（花臉）扮演的反面角色。《竇娥冤》中的賽盧醫就是個把人「死的醫不活，活的醫死了」的庸醫。

TOP PHOTO

蹴踘是中國古代的一種運動，類似現代的足球。關漢卿可說十八般技藝樣樣精通，他曾自誇「會圍棋、會蹴踘、會打圍、會插科、會歌舞、會吹彈、會咽作、會吟詩、會雙陸」。上圖為古代兒童一起玩蹴踘遊戲的模樣。

國外很早就對元曲產生興趣，從十八世紀起就陸陸續續有法、英等國翻譯中國的戲劇作品。關漢卿的《竇娥冤》則是到了十九世紀才有英文翻譯。目前所知最早介紹《竇娥冤》的外國人，是英國的漢學家斯當東（George Thomas Staunton），他在 1821 年的一本漢籍譯作中，譯述了《竇娥冤》的故事梗概，使中國戲劇更廣為流傳。

關漢卿一生活動主要集中在北方都市，不過《竇娥冤》卻是在南方戲劇重鎮創作出來的。

TOP PHOTO

關漢卿的祖籍，即今日山西省運城市。解州歷來出了好幾位名人，家喻戶曉的關羽便是其一，他的故鄉就在解州，當地建有關羽的祭祀廟宇。關漢卿的名劇《單刀會》，就是搬演關羽單刀赴會的三國故事。左圖為山西運城解州的關帝廟春秋院。

關漢卿的出生地在祁州伍仁村，位於今日河北省安國縣，此地也是他晚年終老的地方。祁州是中國最大的中藥材集散地，以「藥都」聞名於世。

杭州是中國八大古都之一，歷史悠久，人文薈萃，為南宋及元朝時期文化蓬勃發展的重要都市，亦為南方戲曲的演出中心。關漢卿便是在杭州創作了中國悲劇名著《竇娥冤》。

解州

祁州

相關的地方

杭州

揚州

揚州是中國古代名城，元代設置了揚州路總管府。此城風光明媚、景物宜人，關漢卿寫給當時戲劇名角珠簾秀的曲子中，就有說到「十里揚州風物妍」，並且把珠簾秀比喻為神仙。

山陽縣位於今天的江蘇省淮安市楚州區，在元朝為淮安路治理。《竇娥冤》中竇娥曾詛咒山陽縣發生三年旱災，根據史料記載，山陽縣確實曾發生過三年大旱。

大都位於今日的北京，是元朝雜劇創作與搬演的活動中心。關漢卿盛年時期最主要的戲劇活動就在此地。如今後人在元朝遺址上建立了一座紀念公園，上圖為公園中小月河上的古典建築。

51

竇娥冤

　　《竇娥冤》故事一開場，竇娥的父親竇天章牽著女兒出場，先念一段「定場詩」，描述他讀書人的身分與想進入朝廷做官的期盼。

　　括弧中描寫動作內容、接著是角色的對白，這是一種演出，也是雜劇特有的表現方式。

　　雜劇裡的角色，男角色叫做「末」，女角色叫做「旦」。《竇娥冤》的女主角是竇娥，本名端雲，稱為「正旦」。父親竇天章只出現在開頭與結尾，不算男主角，因此稱為「沖末」。此外還有扮反面人物的「淨」，如故事中的賽盧醫、張驢兒；由於雜劇是用來演戲的劇本，所以有「科」表現動作；「白」或「云」表示人物的自白或對白；「唱」就是唱詞。通常只有主角才有唱詞，像是歌仔戲或歌劇，戲中夾雜有歌曲唱詞。

　　此外，每個人物出場的時候會有專屬的「定場詩」，如竇天章引用漢朝大才子司馬相如的故事來自比；接著是

（沖末扮竇天章，引正旦扮端雲上，詩云）讀盡縹緗萬卷書，可憐貧煞馬相如。漢廷一日承恩召，不說當壚說子虛。小生姓竇名天章。祖貫長安京兆人也。

——《竇娥冤·楔子》

自我介紹的「定場白」，皆用於開場，以便向觀眾介紹人物和關係，使得整個戲劇平白易懂。

「雜」，就是五花八門，什麼都有。「雜劇」這個名稱，最早出現在中國的唐代，是指在歌舞宴會中，各種舞蹈和戲劇表演，因為類型太多了，所以稱為「雜劇」。

到了元代，「雜劇」才開始專指一種戲劇的表現。元代貿易興盛，經濟繁榮，位居社會上層的貴族喜歡看戲，許多知識分子也開始撰寫劇本，使得「雜劇」這個文體漸漸興盛起來。

雜劇內容來自民間故事和神話傳說，或將歷史故事加以創作。而創作後的故事往往和正史有差異，甚至還出現神仙鬼怪。比如《竇娥冤》，要不是竇娥的鬼魂出現，竇天章可能無法發現事實真相。

因此雜劇故事的宗旨，還是以善有善報、邪不勝正和仁義禮智為主，希望藉由淺顯通俗的表演，讓一般的市井小民，也能很容易理解這些大道理。「雜劇」便成為地方戲曲藝術的始祖。

（淨扮賽盧醫上，詩云）行醫有斟酌，下藥依本草。死的醫不活，活的醫死了。自家姓盧。人道我一手好醫，都叫做「賽盧醫」。在這山陽縣南門開著生藥局。——《竇娥冤·第一折》

　　雜劇裡有許多當時的俗話和通用語，劇本中更常安排一些插科打諢的人物。雖然《竇娥冤》屬於悲劇，但故事裡的壞人之一賽盧醫，每次出場時的言行舉止仍然引人發笑，畢竟哪個醫生會說自己是「活的醫死了」？這是一種對壞人角色或丑角的諷刺手法，同時也展現當時輕鬆、逗趣的社會風氣。

　　《竇娥冤》全名為《感天動地竇娥冤》，作者關漢卿是元代知名的劇作家，一生創作了六十多本雜劇，《竇娥冤》是其代表作，也是雜劇中最具現實意義的劇本之一。竇娥臨刑前曾

引用當時廣為流傳的民間故事「東海孝婦」，說：「做什麼三年不見甘霖降？也只為東海曾經孝婦冤。」

東海是現在中國山東的臨沂，傳說漢代時有一個年輕寡婦非常孝順婆婆。婆婆看她還很年輕，便希望她改嫁。但貞節的寡婦不肯，想要終身孝養婆婆。婆婆為了不想拖累她，便自殺了。但是小姑認為母親是被孝婦害死的，於是誣告她殺害婆婆。審案的縣官不查明是非，反而把寡婦屈打成招，最後斬首。她冤枉死後，東海歷經了三年大旱，直到她受到平反後，才開始下雨。

關漢卿應該是由這個故事，衍生成《竇娥冤》的情節，同時把原故事也安排在劇情中。可見，當一般百姓的冤情上達天聽，會影響氣候，或出現異常的自然現象，這樣的想法在當時是非常普遍為人相信的。

悲劇《竇娥冤》，不僅描繪古代婦女地位卑微的悲哀，還揭露官場黑暗的現實面，為後代戲曲改編傳唱不絕，如明代傳奇《金鎖記》、近代京劇《六月雪》。有的版本甚至為這感天動地的悲劇重塑圓滿結局，填補千古悲劇的遺憾。

竇娥

　　竇娥原名竇端雲，是窮讀書人竇天章的女兒。她三歲時母親就死了，一直與父親相依為命。竇天章曾向鄰居蔡婆婆借了二十兩，到了該還錢的時候，本金與利息一共是四十兩，他卻無力償還。剛好蔡婆婆來討債，看到父女兩人淒苦的樣子，就有幾分同情，於是向竇天章提議：「你有一個女兒，我有一個兒子，不如你不要還錢了，乾脆把端雲給我當媳婦，我會把她當女兒養著。」

　　竇天章是個讀書人，不會賺錢，又一直希望可以去考朝廷的科考，取個功名回來。聽了蔡婆婆的建議，雖然捨不得父女分離，但現實如此，還不如把竇娥給人家當媳婦，可以過更好的生活，只好忍痛答應了。

　　蔡婆婆一直喜歡端雲，因為她聰明伶俐又乖順。蔡婆婆看竇天章答應了，不但不跟他要錢，還送他十兩銀子當上京趕考的旅費。

　　自此以後，竇氏父女再也沒見過面，端雲一直謹記父親的教誨，到了蔡家謹守本分，孝順婆婆，也聽從蔡婆婆的話，把名字改為比

我將這婆侍養，我將這服孝守，我言詞須應口。

—《竇娥冤·第一折》

較好記的「竇娥」。

　　十七歲那年，蔡婆婆為兒子主持婚事，把竇娥嫁給了自己的兒子，可是新婚沒兩年，蔡婆婆的兒子就因為身體太弱病死了。竇娥沒有怨自己命苦，仍然謹守自己做媳婦的分際，打理家裡的大小家事，聽從婆婆的吩咐。蔡婆婆也心疼她，婆媳相處得就像是母女一樣。

　　《竇娥冤》描繪了竇娥這個傳統婦女的形象，雖然母喪父離，年紀輕輕就守寡，身世堪憐。但她展現的是恭謹本分、逆來順受的傳統婦女品格，「在家從父，出嫁從夫，夫死從子」。竇娥沒有生育，當然要代替丈夫孝順婆婆，十幾歲原本活潑青春的少女，卻能忍受寂寞，善良而與世無爭，具體呈現中國傳統婦女美好的形象。

浮雲為我陰，悲風為我旋，三樁兒誓願明題遍。（做哭科，云）婆婆也，直等待雪飛六月，亢旱三年呵，（唱）那期間才把你個屈死的冤魂這竇娥顯！

——《竇娥冤·第三折》

善良孝順的竇娥，也有勇敢堅強的一面。

奉行孝順和貞節的傳統女性竇娥，面對婆婆帶陌生男人回家的狀況，一改平常的順從，反而對張氏父子不假辭色，甚至不斷以強硬的態度提醒蔡婆婆，這樣做會汙衊了蔡家的名聲，連死去的公公也不會瞑目。

而當張驢兒的父親死亡的時候，竇娥並不驚慌，反而鎮定的指出張驢兒作賊心虛：「你別胡說八道！自己下藥害死親生父親，你要嚇唬誰？」

這樣的勇氣，讓竇娥不怕張驢兒的威脅，拒絕私下成親。因為她相信，官府明鏡高懸，一定可以明辨是非，說不定，還可以趕走討厭的張驢兒。誰知道，縣太爺受張驢兒三言兩語的撥弄，相信張氏父子的確和蔡家有婚約，坐實了竇娥「藥死公公」的罪名。縣太爺不但將竇娥痛打一頓，還威脅要拷打蔡婆婆。

竇娥看似一個弱女子，心志卻堅決無比，她被打得皮開肉綻，也不肯認這莫須有的罪名。一直到縣太爺說要打蔡婆婆，她

才慌了，害怕年邁病弱的婆婆受不起這樣的責打，只好含冤忍辱的招認罪名。像竇娥這樣的弱女子，被縣太爺判罪斬首示眾，冤屈無處可訴，怒氣無處可洩，一腔熱血只好託付給上天。她想起「東海孝婦」的故事，於是對天發誓：「如果上天明白我的冤屈，就讓我的誓願成真！」

　　劊子手同情她年紀輕輕要被斬首，便答應她的要求，在她腳下鋪蓆子，在她頭上懸白練。監斬官原本不相信竇娥，喝斥她不要胡言亂語，就在將要斬首之際，天色突然由酷暑豔陽變為陰天，竇娥許下「血濺白練」、「六月飛雪」、「亢旱三年」三個誓願後，受刑倒下，當場一腔鮮血都往上噴，天降白雪覆蓋她的身軀，且從此以後，果然楚州三年都不再下雨。

　　由此可見，傳統女性的「順從」美德，是存在道德規範中的，一旦跨越了界線，堅忍的女子也有不屈不撓，媲美忠臣烈士的勇氣。作者筆下的竇娥，堪稱典範。

蔡婆婆

　　這段話是蔡婆婆出場時的「定場白」。她自我介紹是楚州人，原本是一家三口，不幸早年喪夫守寡，現在只有一個八歲的兒子和自己相依為命。由於家境小康，當時婦道人家又不可能出去工作，便倚仗家裡一點小錢，放高利貸維生。

　　高利貸是指蔡婆婆常常把錢借給人，但收取比較高額的利息，等到約定的時間到了，就要連本帶利要回來。比如竇天章就是向蔡婆婆借了二十兩，可是加上利息之後，必須要還給她四十兩銀子。

　　一般來說，放高利貸的人往往心狠手辣，因為會向人借錢的，大多是窮苦人家，連本金用來過生活都不夠了，哪裡能短時間又籌到利息呢？所以放高利貸的人需要狠下心，無視於窮苦人家的淒涼可憐，才能要得回金錢，或者找其他物品來抵押。

　　蔡婆婆雖然從事高利貸的工作，心腸卻好多了，她沒有要竇天章做牛做馬來還債，也沒有要竇天章把竇娥賣掉，還因為欣賞這個

老身蔡婆婆是也。楚州人氏。嫡親三口兒家屬。不幸
夫主亡逝已過。止有一個孩兒，年長八歲。俺娘兒兩
過其日月。——《竇娥冤·楔子》

女孩子，希望可以許配給兒子當未來的媳婦。想想，這樣她非但要
不回本金和利息，還要多養一口人哪！

　　如此看來，蔡婆婆的心腸是很軟的，一方面同
情竇氏父女，濟助竇天章的功名之路；另一方面，她
也真的履行了自己的承諾，帶回竇娥以後，沒有把她
當作童養媳，讓她做一些下人的工作，而是將竇娥好
好養大，讓她日後與兒子成親。

　　可以想見，心軟的蔡婆婆容易被欺騙和說服。這便能解釋，
長年從事高利貸的蔡婆婆為何這麼容易被賽盧醫騙到荒郊野地
去，還差點遭到殺害。而當她再一次遇到性命威脅的時候，她
又不得不放棄身為寡婦的操守，寧願妥協於再嫁的親事，也不
敢對惡勢力反抗。

（卜兒云）孩兒也，他如今只待過門，喜事匆匆的，教我怎生回得他去？ ——《竇娥冤‧第一折》

如果說幫助竇天章和輕信賽盧醫表現了蔡婆婆的善良，那麼蔡婆婆個性中的優柔寡斷，便在她帶回張氏父子回家以後，展現無遺。

蔡婆婆面對張氏父子的威脅，既害怕又無助，只能不斷說好話，甚至白白供養這兩個外人在家裡。她身為一家之主，面對一向孝順乖巧的媳婦竇娥時，竟然也支支吾吾，只不斷強調這兩位是「救命恩人」，以及自己的無可奈何，最後她的結論總是「教我如何是好？」

其實，蔡婆婆也知道自己身為寡婦，帶兩個男人回家實在不妥當，卻因為懦弱的性格無力改變現狀，更沒有媳婦竇娥那種堅定立場，和不假辭色的勇氣。最後蔡婆婆無計可施，終於在煩惱憂愁中

病倒。也是因為她病倒了，不能再扮演張氏父子與竇娥之間的溝通橋梁，才引來張驢兒的殺機。

官府大堂上，弱女子竇娥為了不使蔡婆婆遭受刑求，甘願冒認罪名；刑場上又擔心婆婆見不得血腥畫面。而本來就心軟的蔡婆婆，命運也實在可憐。早年喪夫、中年喪子，天外飛來的橫禍又以如此悲慘的方式帶走宛如親女的媳婦竇娥，刑場上白髮人送黑髮人的哭喊，實在是古代市井弱女子的命運悲劇。

幸而好心總會有好報。蔡婆婆多年前的一念善心，幫助了窮途潦倒的竇天章一舉中第，在朝為官。雖然陰錯陽差，竇天章沒能來得及在蔡婆婆與竇娥蒙受冤屈之前找到她們寡婦婆媳——假如先團聚了，就不會有人敢欺侮她們婆媳了，更不會有竇娥慘死的悲劇發生。但竇天章終究以「提刑肅正廉訪使」的身分查清冤情，還竇娥一個清白，更感念蔡婆婆的情分與完成竇娥鬼魂的心願，恤養年邁的蔡婆婆。

張驢兒

　　張驢兒和父親不是本地人，原本只是路過，單純的在荒郊野地裡看到有個老婆婆要被殺害，見義勇為，衝上去阻止。

　　「爹，是個婆婆，差點被勒死了。」張氏父子救了蔡婆婆的命，卻讓賽盧醫跑掉了。

　　張亨老問蔡婆婆原因，蔡婆婆老實的說：「我姓蔡，是城裡人，家裡只有個寡婦媳婦和我相依為命，這個賽盧醫欠我錢不還，還想勒死我，要不是遇見你們，我就活不了了。」

　　蔡婆婆原本是對救命恩人實話實說，誰知道透露了自己家裡有兩個孤女子的事實，引起張氏父子的歹意。張驢兒又聽說蔡婆婆家境不錯，想要拿重金答謝他們父子，那要是一人一個娶了她們婆媳倆，那麼全部的家產不就屬於他們父子嗎？

　　一個貪念引起另一個貪念，張驢兒原本就不是什麼正派人物，立刻慫恿父親向蔡婆婆說這門親事。

　　張亨老是個沒什麼主見的人，聽兒子這麼一說，覺得是個好主

張驢兒云：「我們今日招過門去也。帽兒光光，今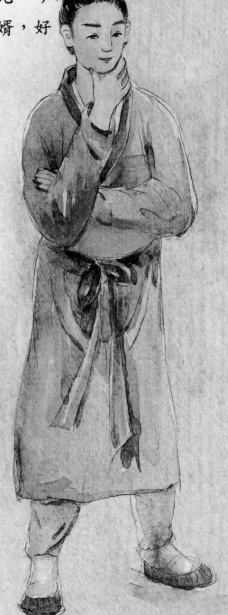日做個新郎；袖兒窄窄，今日做個嬌客。好女婿，好女婿，不枉了，不枉了。」——《竇娥冤‧第一折》

意，便向蔡婆婆提出一方娶、一方嫁的提議。

　　蔡婆婆嚇壞了，這對古時候的女人而言是既不尊重又不禮貌的，她當下拒絕，想多給一點銀錢來報答恩情。

　　不過，張氏父子想到可以白白娶得美嬌娘，又能霸占蔡家家產，哪裡還肯退讓。他們虎狼般的性格當下展露無遺，以性命威脅蔡婆婆，硬是住進了蔡家。

　　張驢兒一看到竇娥，無賴的嘴臉立刻畢露，不但口頭調戲，甚至動手腳拉扯，幸而礙於蔡婆婆面前，以及竇娥嚴厲堅決的態度，張驢兒並沒能「今日做個新郎」。

　　張驢兒的惡性不只如此，當他父親因為蔡婆婆的病而煩惱，擔心不能遂結婚姻時，張驢兒的反應是：「要看什麼天喜到命，只賭本事，做得去自去做」，從這裡開始，便能看出張驢兒的殺心已起，不再只是口頭空言，他凶狠的面貌也逐步展現。

（張驢兒上，云）自家張驢兒。可奈那竇娥百般的不肯隨順我。如今那老婆子害病，我討服毒藥與他吃了，藥死那老婆子，這小妮子好歹做我的老婆。

——《竇娥冤·第二折》

　　説來也巧，張驢兒找上門的藥鋪，竟然就是那天為了二十兩銀子要勒死蔡婆婆的賽盧醫所開設的。

　　賽盧醫要殺蔡婆婆其實也是一時起意而不得已，對於這件事他耿耿於懷，本來已經要收拾行囊遠走了，此時見到張驢兒當然更加害怕。他們兩人一個有心作惡，一個心虛膽怯，賽盧醫當然只能屈服在張驢兒的威脅之下，雙手奉送毒藥，趕緊遠走他鄉。

　　張驢兒趁著蔡婆婆要喝羊肚湯前，先騙竇娥去拿調味料，趁此機會偷偷下藥。他想毒死蔡家的一家之主，讓竇娥無人倚靠，自己就可以強占竇娥和家產了，他不但沒有跟自己的父親明説，甚至沒有考慮到父親也有想娶蔡婆婆做老伴的心情和期待。

相較之下，張孛老個性耿直多了，不但惦念著蔡婆婆的病，還幫忙伺候蔡婆婆病榻。他只想對蔡婆婆獻殷勤，以便能夠如願得到老來伴，並不知道兒子的惡念。他對蔡婆婆說：「這湯特做來與你吃的，便不要吃，也吃一口兒。」足以見他的真誠。

結果，蔡婆婆正好腸胃不舒服，沒有食慾，為了不要浪費食物，就請張孛老喝湯，導致張孛老代替蔡婆婆一命嗚呼。

看到張孛老的死亡，身為親生兒子的張驢兒，竟然不傷心、不慌張，只緊咬著竇娥推卸責任，顛倒黑白的說：「竇娥藥殺我家老子哩！」接著，張驢兒凶惡畢現，他抓準蔡婆婆軟弱的個性，威脅她們婆媳倆，如果能把竇娥嫁給他，他便不計較父親的死亡，如果不願意，就拉她們去官府拷打。

想想，父親突然死亡應該在張驢兒意料之外，他卻利用這一點，一味只想得到竇娥，可說既自私、又好色，完全沒有父子親情。

最後，張驢兒被判「毒殺親爺，謀占寡婦」，凌遲處死，終以惡有惡報收場。

當竇娥冤的朋友

《竇娥冤》是元朝劇作家關漢卿的代表作品，內容是關於孝順又正直的竇娥，在面對坎坷的遭遇時，所呈現出不向現實低頭的勇氣與意志。作品中高潮迭起的劇情鋪陳，與竇娥這位勇敢女子的形象，都證明了這是一齣中國文學的經典悲劇。

《竇娥冤》透過精采的情節起伏，加上雜劇中結合唱詞、對白的呈現方式，讓讀者彷彿走進這個又說又唱又表演的世界，體會每個人物的喜怒哀樂，跟著主角一起哭、一起笑。

為什麼那個年代的社會如此黑暗？為什麼必須招認自己從未犯過的錯事？為什麼找不到真相？為什麼古時候的女子總是處在弱勢、受欺負的一方？

竇娥用她自己的故事告訴我們，她善良柔弱，卻也堅強固執。雖然她身在那樣的時代裡，面對惡人的罷凌欺侮時，是個無依無靠的弱女子，但她卻展現無比的冷靜與沉著，即使上了公堂、受了刑罰，都毫不畏懼。放高利貸的蔡婆婆，雖然善良的收養了竇娥，但軟弱的個性，也終於招致悲劇的命運。而那可惡的張驢兒，不僅用盡心機害死了自己的父親，還誣陷了竇娥。

看到這裡，你是否因此又氣又急？又難過又憤怒？

當《竇娥冤》的朋友，你會看到許多的不公平，你會看到善良的人們謹守本分卻沒有好結局。但是你也會看到，《竇娥冤》要告訴你的，不僅是這樣一則悲劇，而是總有一天會真相大白，竇娥沉冤得雪，我們也終於能安心的闔上這則故事。

當《竇娥冤》的朋友，你會體會到雜劇的精湛藝術，也會發現，不管社會多黑暗，懷著正直的心與勇氣，一直都是古人想教導後世讀者的課題。

我是大導演

看完了竇娥冤的故事之後，
現在換你當導演。
請利用紅圈裡面的主題（竇娥），
參考白圈裡的例子（例如：六月雪），
發揮你的聯想力，
在剩下的三個白圈中填入相關的詞語，
並利用這些詞語畫出一幅圖。

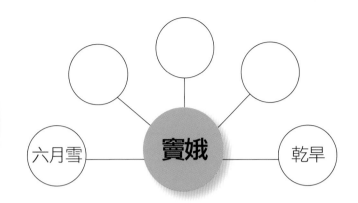

◎ 少年是人生開始的階段。因此，少年也是人生最適合閱讀經典的時候。這個時候讀經典，可為將來的人生旅程準備豐厚的資糧。因為，這個時候讀經典，可以用輕鬆的心情探索其中壯麗的天地。

◎ 【經典少年遊】，每一種書，都包括兩個部分：「繪本」和「讀本」。繪本在前，是感性的、圖像的，透過動人的故事，來描述這本經典最核心的精神。小學低年級的孩子，自己就可以閱讀。讀本在後，是理性的、文字的，透過對原典的分析與說明，讓讀者掌握這本經典最珍貴的知識。小學生可以自己閱讀，或者，也適合由家長陪讀，提供輔助說明。

◎ 【經典少年遊】，我們先出版一百種中國經典，共分八個主題系列：詩詞曲、思想與哲學、小說

001 世說新語　魏晉人物畫廊
A New Account of Tales of the World: Anecdotes in the Southern and Northern Dynasties
故事／林羽豔　原典解說／林羽豔　繪圖／吳亦之

東漢滅亡之後，魏晉南北朝便出現了。雖然局勢紛亂，但是卻形成了自由開放的風氣。《世說新語》記錄了那個時代裡，那些人物怎麼說話、如何行事。讓我們看到他們的氣度、膽識與才學，還有日常生活中的風雅與幽默。

002 搜神記　神怪故事集
In Search of the Supernatural: Records of Gods and Spirits
故事／劉美瑤　原典解說／劉美瑤　繪圖／顧珮仙

晉朝的干寶，搜集了許多有關神仙鬼怪與奇思異想的故事，成為流傳至今的《搜神記》。別小看這些篇幅短小的故事，它們有些是自古流傳的神話，有的是民間傳說，統稱為「志怪小說」，成為六朝文學的燦爛花朵。

003 唐人傳奇　浪漫的傳說故事
Tang Tales: Collections of Tang Stories
故事／康逸藍　原典解說／康逸藍　繪圖／林心雁

正直的書生柳毅相助小龍女，體驗海底龍宮的繁華，最後還一同過著逍遙自在的生活。唐人傳奇是唐代的文言短篇小說，內容充滿奇幻浪漫與俠義豪邁。在這個世界裡，我們不僅經歷了華麗的冒險，還看到了如夢似幻的生活。

004 竇娥冤　感天動地的竇娥
The Injustice to Dou E: Snow in Midsummer
故事／王蕙瑄　原典解說／王蕙瑄　繪圖／榮馬

善良正直的竇娥，為了保護婆婆，招認自己從未犯過的罪。行刑前，她許下三個誓願：血濺白布、六月飛雪、三年大旱，期待上天還她清白。三年後，竇娥的父親回鄉判案，他能發現事情的真相嗎？竇娥的心聲，能不能被聽見？

005 水滸傳　梁山好漢
Water Margin: Men of the Marshes
故事／王宇清　故事／王宇清　繪圖／李遠聰

林沖原本是威風的禁軍教頭，他個性正直、武藝絕倫，還有個幸福美滿的家庭，無奈遇上了欺壓百姓的太尉高俅，不僅遭到陷害，還被流放到偏遠地區當守軍。林沖最後忍無可忍，上了梁山，成為梁山泊英雄的一員大將。

006 三國演義　風起雲湧的英雄年代
Romance of the Three Kingdoms: The Division and Unity of the World
故事／詹雯婷　原典解說／詹雯婷　繪圖／蔣智鋒

曹操要來攻打南方了！劉備與孫權該如何應戰，周瑜想出什麼妙計？大戰在即，還缺十萬支箭，孔明卻帶著二十艘船出航！羅貫中的《三國演義》，充滿精采的故事與神機妙算，記錄這個風起雲湧的英雄年代。

007 牡丹亭　杜麗娘還魂記
Peony Pavilion: Romance in the Garden
故事／黃秋芳　原典解說／黃秋芳　繪圖／林虹亨

官家大小姐杜麗娘，遊賞美麗的後花園之後，受寒染病，年紀輕輕就離開人世。沒想到，她居然又活過來！這到底是怎麼一回事？明朝劇作家湯顯祖寫《牡丹亭》，透過杜麗娘死而復生的故事，展現人們追求自由的浪漫與勇氣！

008 封神演義　神仙名人榜
Investiture of the Gods: Defeating the Tyrant
故事／王洛夫　原典解說／王洛夫　繪圖／林家棟

哪吒騎著風火輪、拿著混天綾，一不小心就把蝦兵蟹將打得束倒西歪！個性衝動又血氣方剛的哪吒，要如何讓父親李靖理解他本性善良？又如何跟著輔佐周文王的姜子牙，一起經歷驚險的戰鬥，推翻昏庸的紂王，拯救百姓呢？

009 三言　古今通俗小說
Three Words: The Vernacular Short-stories Collections
故事／王蕙瑄　原典解說／王蕙瑄　繪圖／周庭萱

許宣是個老實的年輕人，在下著傾盆大雨的某一日遇見白娘子，好心借傘給她，兩人因此結為夫妻。然而，白娘子卻讓許宣捲入竊案，害得他不明不白的吃上官司。在美麗華貴的外表下，白娘子藏著什麼秘密？她是人還是妖？

010 聊齋誌異　有情的鬼狐世界
Strange Stories from a Chinese Studio: Tales of Foxes and Ghosts
故事／岑澎維　原典解說／岑澎維　繪圖／鐘昭弋

有個水鬼名叫王六郎，總是讓每天來打魚的漁翁滿載而歸。善良的王六郎會不會永遠陪著漁翁捕魚？好心會有好報嗎？蒲松齡的《聊齋誌異》收錄各式各樣的鄉野奇談，讓讀者看見那些鬼狐精怪的喜怒哀樂，原來就像人類一樣。

與故事、人物傳記、歷史、探險與地理、生活與素養、科技。每一個主題系列，都按時間順序來選擇代表性的經典書種。

◎ 每一個主題系列，我們都邀請相關的專家學者擔任編輯顧問，提供從選題到內容的建議與指導。我們希望：孩子讀完一個系列，可以掌握這個主題的完整體系。讀完八個不同主題的系列，可以不但對中國文化有多面向的認識，更可以體會跨界閱讀的樂趣，享受知識跨界激盪的樂趣。

◎ 如果說，歷史累積下來的經典形成了壯麗的山河，【經典少年遊】就是希望我們每個人都趁著年少探索四面八方，拓展眼界，體會山河之美，建構自己的知識體系。少年需要遊經典。經典需要少年遊。

011 說岳全傳　盡忠報國的岳飛
The Complete Story of Yue Fei: The Patriotic General
故事／鄒敦怜　原典解說／鄒敦怜　繪圖／朱麗君

岳飛才出生沒多久，就遇上了大洪水，流落異鄉。他與母親相依為命，又拜周侗為師，學習武藝，成為一個文武雙群的人。岳飛善用兵法，與金兵開戰；他最終的志向是一路北伐，收復中原。這個心願是否能順利達成呢？

012 桃花扇　戰亂與離合
The Peach Blossom Fan: Love Story in Wartime
故事／趙予彤　原典解說／趙予彤　繪圖／吳泳

明朝末年國家紛亂，江南卻是一片歌舞昇平。李香君和侯方域在此相戀，桃花扇是他們的信物。他們憑一己之力關心國家，卻因此遭到報復。清朝劇作家孔尚任，把這段感人的故事寫成《桃花扇》，記載愛情，也記載明朝歷史。

013 儒林外史　官場浮沉的書生
The Unofficial History of the Scholars: Life of the Intellectuals
故事／呂淑敏　原典解說／呂淑敏　繪圖／李遠聰

匡超人原本是個善良孝順的文人，受到老秀才馬二與縣老爺的賞識，成了秀才。只是，他變得愈來愈驕傲，也一步步犯錯。清朝作家吳敬梓的《儒林外史》，把官場上的形形色色全寫進書中，成為一部非常傑出的諷刺小說。

014 紅樓夢　大觀園的青春年華
The Story of the Stone: The Flourish and Decline of the Aristocracy
故事／唐香燕　原典解說／唐香燕　繪圖／麥震東

劉姥姥進了大觀園，看到賈府裡的太太、小姐與公子，瀟湘館、秋爽齋到衡蕪苑的美景。遊玩了行酒令、吃了精巧酥脆的點心。跟著劉姥姥進大觀園，體驗園內的新奇有趣，看見燦爛的青春年華，走進《紅樓夢》的文學世界！

015 閱微草堂筆記　大家來說鬼故事
Random Notes at the Cottage of Close Scrutiny: Short Stories About Supernatural Beings
故事／邱慧敏　故事／邱慧敏　繪圖／楊瀚橋

世界上真的有鬼嗎？遇到鬼的時候該怎麼辦？看看紀曉嵐的《閱微草堂筆記》吧！他會告訴你好多跟鬼狐有關的故事。長舌的女鬼、嚇人的笨鬼、扮鬼的壞人、助人的狐鬼。看完這些故事，你或許會覺得，鬼狐比人可愛多了呢！

016 鏡花緣　海外遊歷
Flowers in the Mirror: Overseas Adventures
故事／趙予彤　原典解說／趙予彤　繪圖／林虹亨

失意的文人唐敖，跟著經商的妹夫林之洋和博學的多九公一起出海航行，經過各種奇特的國家。來到女兒國，林之洋竟然被當成王妃給抓走了！翻開李汝珍的《鏡花緣》，看看他們的驚奇歷險，猜一猜，他們最後如何劫難歸來？

017 七俠五義　包青天為民伸冤
The Seven Heroes and Five Gallants: The Impartial Judge
故事／王洛夫　原典解說／王洛夫　繪圖／王韶薇

包公清廉公正，但宰相龐太師卻把他看作眼中釘，想作法陷害。包公能化險為夷嗎？豪俠展昭是如何發現龐太師的陰謀？說書人石玉崑和學者俞樾，把包公與江湖豪傑的故事寫成《七俠五義》，精彩的俠義故事，讓人佩服！

018 西遊記　西天取經
Journey to the West: The Adventure of Monkey
故事／洪國隆　原典解說／洪國隆　繪圖／BO2

慈悲善良的唐三藏，帶著聰明好動的悟空、好吃懶做的豬八戒、刻苦耐勞的沙悟淨，四人一同到西天取經。在路上，他們會遇到什麼驚險意外？踏上《西遊記》的取經之旅，和他們一起打敗妖怪，潛入芭蕉洞，恣意冒險！

019 老殘遊記　帝國的最後一瞥
The Travels of Lao Can: The Panorama of the Fading Empire
故事／夏婉雲　原典解說／夏婉雲　繪圖／蘇奔

老殘是個江湖醫生，搖著串鈴，在各縣市的大街上走動，幫人治病。他一邊走，一邊欣賞各地風景民情。清朝末年，劉鶚寫《老殘遊記》，透過主角老殘的所見所聞，遊歷這個逐漸破敗的帝國，呈現了一幅抒情的中國山水畫。

020 故事新編　換個方式說故事
Old Stories Retold: Retelling of Myths and Legends
故事／洪國隆　原典解說／洪國隆　繪圖／施怡如

嫦娥與后羿結婚後，有幸福美滿嗎？所有能吃的動物都被后羿獵殺精光，只剩下烏鴉和麻雀可以吃！嫦娥變得愈來愈瘦，勇猛的后羿能解決困境嗎？魯迅重新編寫中國的古代神話，翻新古老傳說的面貌，成為《故事新編》。

經典 ○
少年遊

youth.classicsnow.net

004
竇娥冤　感天動地的竇娥
The Injustice to Dou E
Snow in Midsummer

編輯顧問（姓名筆劃序）
王安憶　王汎森　江曉原　李歐梵　郝譽翔　陳平原
張隆溪　張臨生　葉嘉瑩　葛兆光　葛劍雄　鄭培凱

故事：王蕙瑄
原典解說：王蕙瑄
繪圖：榮馬
人時事地：編輯部

編輯：鄧芳喬　張瑜珊　張瓊文
美術設計：張士勇
美術編輯：顏一立
校對：陳佩伶

企畫：網路與書股份有限公司
出版者：大塊文化出版股份有限公司
台北市10550南京東路四段25號11樓
www.locuspublishing.com
讀者服務專線：0800-006689
TEL：+886-2-87123898
FAX：+886-2-87123897
郵撥帳號：18955675
戶名：大塊文化出版股份有限公司
法律顧問：全理法律事務所董安丹律師

總經銷：大和書報圖書股份有限公司
地址：新北市新莊區五工五路2號
TEL：+886-2-8990-2588
FAX：+886-2-2290-1658
製版：沈氏藝術印刷股份有限公司

初版一刷：2014年3月
定價：新台幣299元